MAY 0 3 2018

En BotAs de→ AstRonauta

Julio Serrano Echeverría | María Elena Valdez

A Marco la libertad le venía del corazón y de
su fabuloso peinado. Agarraba las cosas con
la mano izquierda, seguía el camino de las
hormigas y cantaba; desafinadísimo, pero
cantaba todo el tiempo.

Un día despertó y sus zapatos no estaban junto a
la cama. Se levantó y se puso a correr en calcetines.

Buscó bajo la cama,
debajo de la ropa,
en el armario,
en las gavetas,
            en la mochila de la escuela,
            entre sus libros de cuentos,
            en la caja del gato,
            en su escondite del patio,
            y nada.

Encontró el sombrero de uno de
sus muñecos, pero no sus zapatos.

A la mañana siguiente, Marco descubrió dos enormes botas junto a su cama. Eran muy raras, muy bonitas y sobre todo, muy grandes. ¿Serían unas botas de astronauta?

Corrió al cuarto de su mamá para agradecerle aquel regalo extraño y bello. Ella estaba tan sorprendida como él: ¿de dónde habían salido esas botas?

Entonces, comenzó a suceder.

En las siguientes noches desaparecieron
cosas de la casa y en su lugar aparecieron
objetos de lo más singulares y maravillosos.

No estaba más la pelota de fútbol,
pero sí un carro de bomberos que
caminaba con patitas y sacaba la lengua.

En vez de la lamparita de noche,
ahora brillaba un corno francés.

El mapamundi seguía en su lugar, pero
había sido cambiado por el de un planeta
nuevo, con continentes en forma de frutas.

Pronto la casa se transformó.
Los libros caminaban, la guitarra
se tocaba sola, en lugar de mesa
había una tortuga que hablaba,
los armarios reventaban de
juguetes raros. Era bello, sí,
aunque Marco extrañaba cosas
que adoraba: sus acuarelas,
la mochila de la escuela,
el trompo heredado de su abuelo.

Su mamá también perdía cosas,
especialmente la paciencia:
ya no había lámparas para leer en
la noche, quedaba solo una silla.
La casa se había convertido en...

Secretamente y con un poco de miedo,
Marco sospechaba que lo que él soñaba,
tenía que ver con los objetos y personajes
que aparecían.

Recordó un sueño en el que jugaba
con carritos que eran como mascotas; y
uno anterior, en el que viajaba al espacio.

Se quedó en silencio, viendo sus hermosas
botas de astronauta. ¡Era él quien llevaba
y traía cosas de sus sueños a su casa!

Marco buscó el último cuaderno que le quedaba y dibujó cada uno de los seres que le rodeaban. Rápidamente las páginas se llenaron de colores y figuras, animales y objetos mágicos... Y con cada dibujo, inventó una historia.

La maravillosa vida del Mono Volador

El mundo de los juguetes que mueven la cola   Basta inodoro, ya no me hables

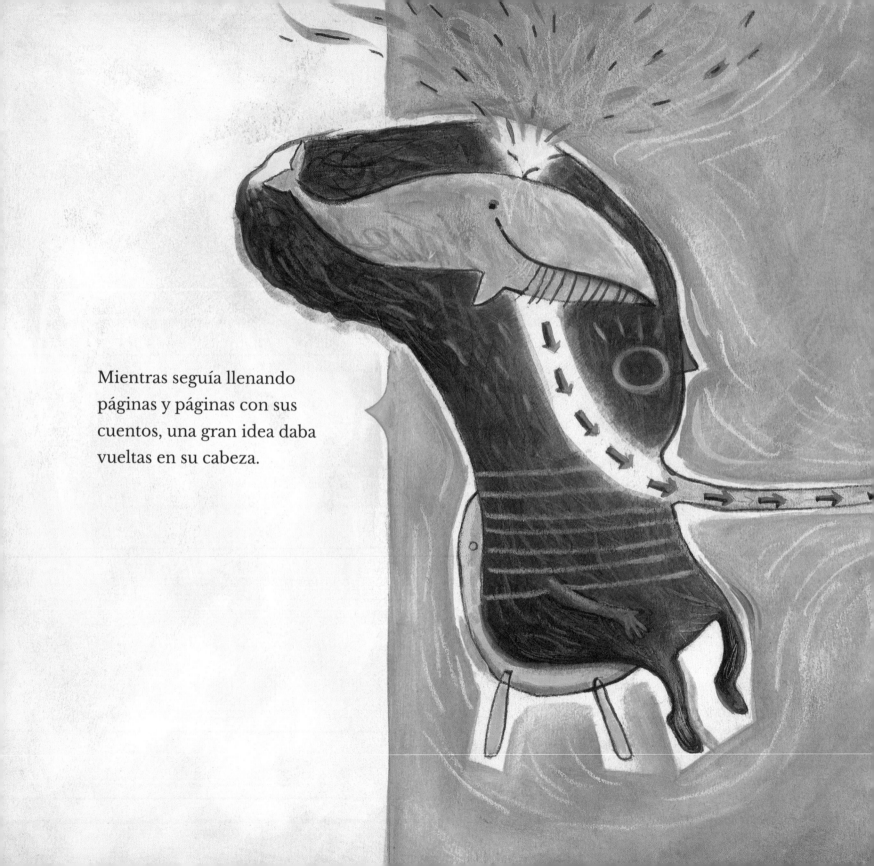

Mientras seguía llenando páginas y páginas con sus cuentos, una gran idea daba vueltas en su cabeza.

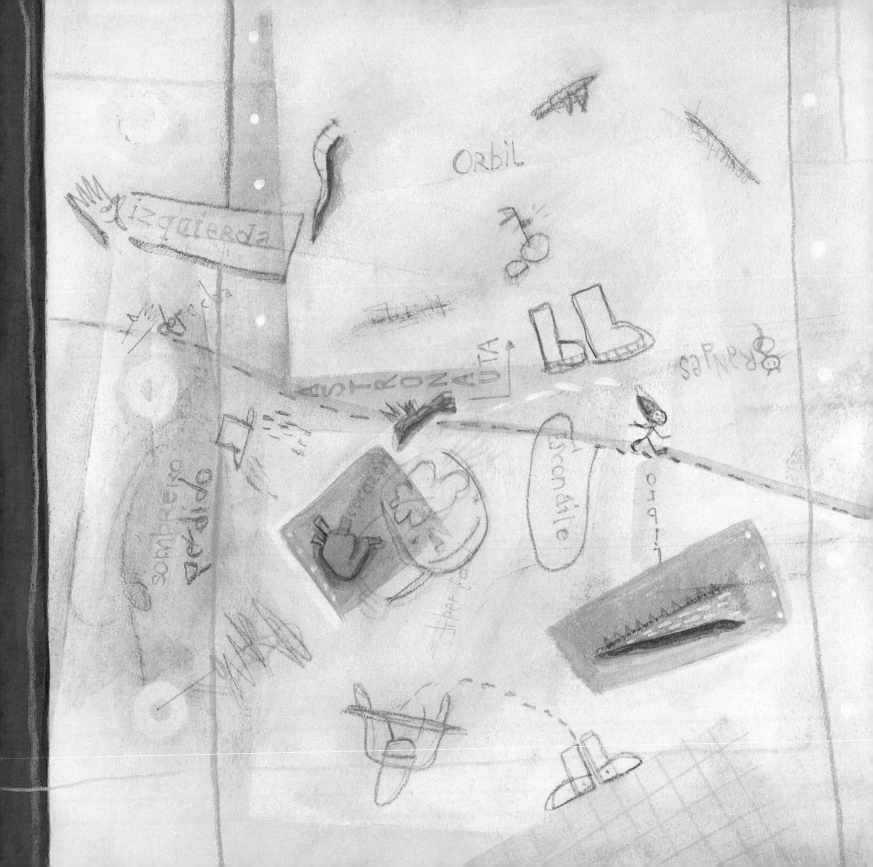

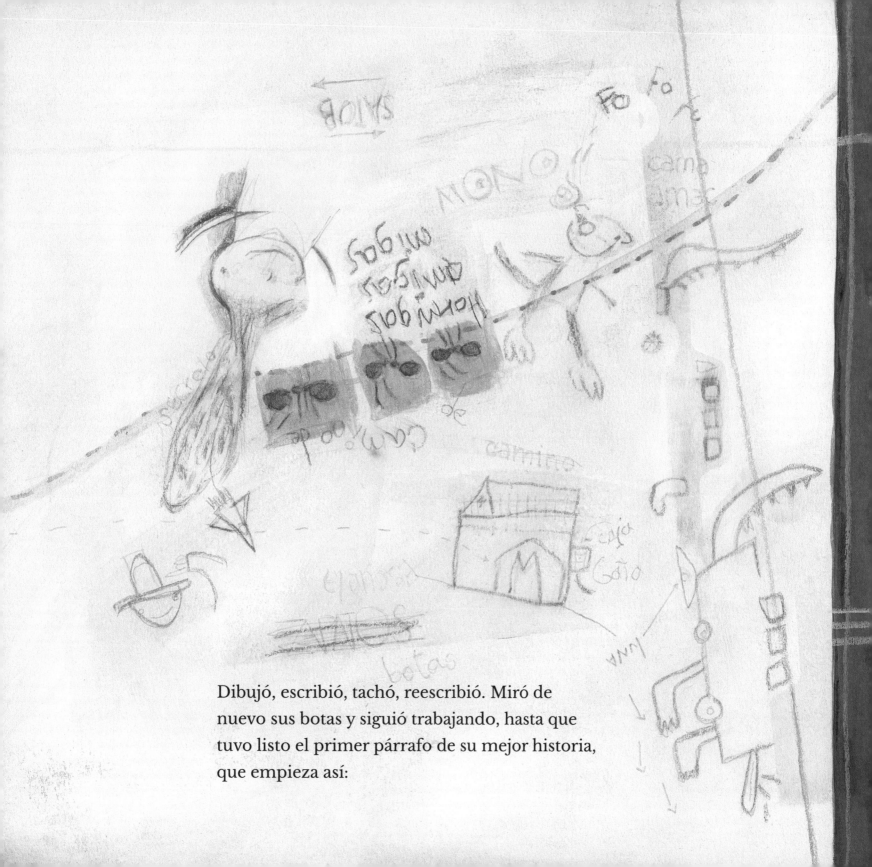

Dibujó, escribió, tachó, reescribió. Miró de
nuevo sus botas y siguió trabajando, hasta que
tuvo listo el primer párrafo de su mejor historia,
que empieza así:

A Marco la libertad le venía del corazón
y de su fabuloso peinado.

Para sus aventuras tenía siempre a la mano,
o más bien a los pies, unas botas de astronauta
que un día aparecieron junto a su cama...

Además de Marco, dos grandes autores
trabajaron en la creación de este libro:

Foto: © Javier Narváez

JULIO SERRANO
ECHEVERRÍA
(escritor)

Nació en Xelajú,
al occidente de
Guatemala, en 1983.
Entró a la poesía
por la música y
al cine por una
ventana. De sus
aventuras literarias
han resultado
varios libros de poesía y narrativa,
algunos premios, muchos viajes
y estruendosos amigos. De las
travesuras audiovisuales, un par de
documentales, cortometrajes de ficción y
videos experimentales. Ha publicado con
Amanuense *El nacimiento del arcoíris* y
la trilogía de cuentos de tradición oral
maya: *Desde los orígenes*, *Desde el mundo
de los espíritus* y *Desde las aguas*.

MARÍA ELENA VALDEZ
(ilustradora)

María Elena es
venezolana e
ilustra historias
para muchos países
(tres de ellas
para Amanuense:
Aprendecedario,
La risa contagiosa
y *En botas de
astronauta*).
"Dibujar es saber captar si la tarde
está triste, si la vecina está feliz,
si las hormigas están en su hora
de descanso, si los dulces están
deliciosos y el pan caliente". Eso
dice de su trabajo, para ella, el
más serio del mundo; tan serio como
enviar un cohete al espacio, cuidar
las mascotas, ser médico, regar las
plantas, construir un rascacielos,
tener amigos o aprender a nadar.

Publicado por:
Amanuense
editorial@grupo-amanuense.com
www.grupo-amanuense.com

ISBN 978-9929-633-30-8

Primera edición 2016
Primera reimpresión 2017

Texto: © Julio Serrano Echeverría
Ilustraciones: © María Elena Valdez
Fotografías de las ilustraciones:
Juan Carlos Menéndez

Impreso en China
Printed in China

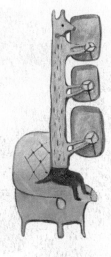